바람
ㅁ
나다

바람나다

발행일	2019년 6월 26일		
지은이	한영주		
펴낸이	손형국		
펴낸곳	(주)북랩		
편집인	선일영	편집	오경진, 강대건, 최승헌, 최예은, 김경무
디자인	이현수, 김민하, 한수희, 김윤주, 허지혜	제작	박기성, 황동현, 구성우, 장홍석
마케팅	김회란, 박진관, 조하라		
출판등록	2004. 12. 1(제2012-000051호)		
주소	서울시 금천구 가산디지털 1로 168, 우림라이온스밸리 B동 B113, 114호		
홈페이지	www.book.co.kr		
전화번호	(02)2026-5777	팩스	(02)2026-5747
ISBN	979-11-6299-766-6 03810 (종이책)		979-11-6299-767-3 05810 (전자책)

이 도서의 국립중앙도서관 출판예정도서목록(CIP)은 서지정보유통지원시스템 홈페이지(http://seoji.nl.go.kr)와
국가자료공동목록시스템(http://www.nl.go.kr/kolisnet)에서 이용하실 수 있습니다.
(CIP제어번호: CIP2019024393)

한영주 시집

바람
나다

북랩 book Lab

목차

바람나다

지나는 바람
한 줌 잡아
한 올 한 올 엮어
허한 마음
담요 한 장 만들어
폭 덮으면
따뜻한 바람이 일까

바람의 언덕에 가다

다 날려 보내려는 듯
바람이 분다
옷은 날개인 듯 허공을 휘젓고
머리카락은 얼굴을 삼키는
흙먼지 품은 바람은 가는 길을
막고 흔들었다
길 잃고 헤맨 사람
실의에 빠져 주저앉은 사람
방 안에 바람 없이 자신을 가두는 사람
대관령 바람의 언덕으로 오라
안아도 안아도
가져도 가져도
끝도 없이 부는 바람이
그대의 가슴으로 뿌리칠 수 없도록
바람이
그대 안에서 새롭게 분다

바
람
이
다

바람

초록의 잎에
바람이 붙었다
저 나무가 크는 건
바람이 함께
살아가기 때문이다
나무가 바람을
놓지 않고 있기 때문이다

나무가 사는 법

산다는 게
쓰린 진물이 나고
고통의 파도를 타도
그래도 버티는 나무가 있다
가지쯤은 찢겨도
몸통이 두 동강이 나도
버티고 있는 한
나무는 싹을 틔운다
오히려 흔들리지 않은 날이 없어서
나무는 안으로 안으로
단단해지는 게다
잘 했다고 잘 버텼다고
동그라미 그려질 때까지
한 해를 버티는 게다

바
라
나
다

아버지

당신을 생각하면
끝없는 사랑이 묵직하게 가슴을 칩니다
주름진 시간이 되어서야
깊은 마음이 와 닿는 시간을 삽니다
당신의 마음을 헤아리기까지
못다 한 말이 너무도 많습니다
중환자실에 누워있는 당신은
세월의 흔적을 품고 계십니다
가족을 위해
한 생의 시간을 값지게 등에 지고
그 무게가 짓눌려도
묵묵히 살았을
발바닥 깊이 옹이처럼 박인 굳은살은
시간을 쌓아간 가족을 향한
사랑이었습니다
나날이 야위어가는 당신을 보는 게
죄송할 뿐입니다

가슴에 맺힌 고마움을 풀어보는
시간조차
눈물로 출렁이는 시간입니다
하루 두 번의 면회시간
중환자실에 누워 기다렸을
하루가
이토록 간절함으로 고맙습니다
이렇게라도 살아있음을
함께할 나날을 허락했음을
웃고 우는 마음도
당신을 벗어나 채워지지 않는 삶이었음을
비로소 아는
당신의 아들과 딸이
당신을 지킬 시간을 허락해주기를
오늘 또 하루 기도합니다
사랑, 그 깊이를 알게 한
당신을
사랑합니다

바랍니다

바람은 불지요

바람은 불지요
나는 바람 속에 살지요
가끔은 흔들리기도 하고
또 잠시 비틀거리기도 하지요
그럼에도 불구하고
바람이 부는 한
희망은 있지요
꽃을 피우는 건
어쩜 바람 때문이지요
바람이 없다는 건
나 또한 멈추어 있어서지요
바람이 멈추는 날이 없도록
오늘도 나는 걷지요
바람 속에
나를 피우기 위해

가을나무

가을나무에 노을이 걸터앉아
쉬-바람 소리에 흔들리는 마음
잊고 산 세월만큼
강렬했던 날들
나뭇잎마다 수천 장 써놓고
지는 건 금방이라고
잊는 건 망상이라고
또다시 돌아와 앉은
사람
가을나무는 할 말이 남아있는 듯
그래서
붉다

바란다

가을엔

가을엔
너를 만나고 싶다
빈 가지 될 때까지
쉼 없이 흔들려도
바람처럼 와닿는 시간마다
너를 부르고 싶다
끝끝내 붉은 가슴 진다 해도
노을 속에 얼굴을 묻고
별빛이 잠들 때까지
흐느끼고 싶다
못다 흘린 눈물이
거리마다 쌓여가도
가을엔
너를 기억하고 싶다

바람이 그리다

바람이 그리다
지우고 그리기를 수천 번해도
미완성으로 남는
누구의 낙관도 없는
누구의 그림이 아니기에
보는 사람에 따라
의미를 갖는
강물 위에
억새의 그림자를 그려 넣어도
노을의 붉은 색을 칠해 넣어도
구름 몇 점 띄워 넣어도
조화롭게 그려가는
바람

끝도 없는
바람의 붓질은 멈추지 않고
강물 위에 그리는
바람의 그림마다
강가에 사람들
물결마다 남겨진 여백을 채워
가져가는 한 폭의
바람의 그림

바람나다

딸의 무게

딸아
시간은 머물지 못했다
돌이킬 수 없다는 걸
알지 못했다
시간은 여전히 가고 있고
하루도 크고 있다
언제부턴가 안아달라고 할 때
힘겨워하는 아빠가 되었다
느는 무게가 힘겨울 만큼
넌 참 많이 컸다
지금이 아니면
안을 수 없는 시간일 텐데
시간은 알듯 말듯 가고 가는데
투정만 느는 아빠가 되었다

아빠의 품에서 떠날 날이
가까워지고 있다는 생각을 하면
조금 더 힘을 내서
늦기 전에
세상에 따뜻이 안길 그날까지
아빠의 가슴을 데워
푹 안아 주마

시험

아이들이 시험을 본다
생각은 오만가지
그중 하나가 정답이거나
혹은 오답이거나
산다는 게
정답이 있는 것도 아니고
정답대로 풀리는 것도 아니다
정답이라 해도
사는 내내 정답일 수 없다
각자의 삶을 살아봐야 아는데
시험지 앞에선
정답을 선택해야 한다
이미 정해진 답을 찾아야 한다
정답 외엔 나머지는 오답이고
그중 하나만 정답일 뿐

서험지 앞에서
아이들은 더 나은 삶을 선택받기 위해
정답을 찾아야 한다
오답의 삶을 피하기 위해
아이들은 시험지 앞에서 짧은 선택을 한다
사는 내내
찾아야 할 정답과는 별개의 문제를
앞에 두고

바
라
나
다

바다와 파도

사람의 인생은 바다 위의 파도와 같고

사람의 마음은 파도 밑의 바다와 같다

가족

각각의 자세로 잠을 자도
꾸는 꿈은 달라도
한 방에서 그리는 따뜻한 시간이 있고
숨소리의 부드러운 사랑이 느껴지는
오늘보다 내일이 더 애틋해지는
네 가족이 모여 자는 가을밤엔
창밖의 별빛도 고와라
바스락거리는 바람도 즐거워라

하루

시간은 가도
다시 돈다
멈추지 않는 날처럼
걸음은 초침이 되어 왔다
가끔은 어딘지도 모를 곳을 향해
쉼 없이 걸었다
그럴 때면
마음은 분침이 되어
느리게 가라고 쉼 없이 알렸다
지나가는 모든 걸 잃기 전에
악수하며 가라고
끝이라 여긴 순간마다
끝이 아닌 시작이었다

걷다가 어둠에 묻혀 허우적거릴 때
잠시 숨 고르고 걸어온 길을 돌아보았다
길은 싹둑 사라지고 없었다
초침과 분침을 지나는 동안
시침은 깊은 어둠마저
새벽으로 이내 아침으로 바꾸어 놓았다
어느 틈엔가
길은 펼쳐져 있었다

매미

누군가를 기다리며
목청껏 울어본 적 있던가

오지 않는 사람아

9월의 매미가
만나지 못한 인연으로 운다

나 여기 있다
나 이렇게 운다

끝나지 않은 여름을 뜨겁게
품은 채

가을 더 가듯
울음을 물들이고 있다

그 울음 놓지 않는
매미

나무는 울음의 깊이만큼
그리움의 깊이로 짙어간다

바
란
나
다

낙엽

나무가
운다
눈물처럼 내리는
가을 지나는 빛이
눈물을
만든다

한 여인이
두 손바닥만큼
얼굴을 가리고
운다
지난 시간을 쏟듯
발밑엔 낙엽이
수북하다

바
람
나
다

부모가 되었다고

시험 기간
오랜만에 단둘이 데이트를 생각했다
맛있는 것도 먹고
분위기 좋은 커피숍에 가서 차도 마시고
둘만의 즐거운 시간을 생각했다
결국 먹은 것은 일산시장 안에 있는
철판 순대 볶음을 먹고
마트 가서 장을 보고
차 마시러 가는 길에 시간이 애매하다며
아이들 데리고 헤이리 카페에 가서
차도 마시고 빵도 사주자고
둘만의 데이트가
두 딸과 함께하는 데이트가 되었다
두 딸을 데리고 자유로를 달리면서
어쩔 수 없는 아빠와 엄마라고
벗어날 수 없는 두 딸의 부모라고

아이들부터 챙기는 마음이

어느덧 부모가 되었다고

서로를 바라보면서

이 시간이 더 좋다고

가족과 함께하는 시간이 굴레와 억압이 아니라

자유로 가는 길이라고

자유로의 바람과 뜨겁게 포옹하며

가족의 바람을 실어 보냈다

그렇게 도착한 헤이리 카페에서

두 딸은 먹고 싶은 빵도 고르고

쨈도 발라가며 향긋한 추억을 씹고 또 씹었다

차를 마시는 아내와 빵을 먹는 두 딸을 지켜보는 사이

다 함께 한 데이트가

서녘 하늘에 무르익고 있었다

멈춤

잊혀 지지 않고
사는 내내
그대 외엔
모든 게 멈춤
바람도 구름도 시간도
내 안에 그대를 만나고 나면
그날로 멈춤
그렇게
그대가 산다

별과 그대

흩어진 기억이
기호처럼 쏟아져 있는 별
퍼즐처럼 끼워 맞춰나가면
어떤 단어가 만들어질까

바
란
나
다

그림자

하루 종일 벽에 기대어
말 한마디 섞지 않아도
외롭지 않네

서녘 하늘
노을이 서서히 꺼지고 나면
떠나고 없네

불빛 속에 소리 없이 다가와
말없이 지켜보는
나 닮은 한 사람 있네

벚꽃 잎 1

벚꽃 잎이 바람을 안는다
몇 잎은 바람에 이끌려 날리고
또 몇 잎은 바람과 춤추다
잠시 잠잠하다
또다시 바람에 이끌려 날린다
시간이 날린다
벚꽃 잎에 쓰는 그리움이
새하얀 시절의 그 사람을 안고
지천에 날린다

바란나다

벚꽃 잎 2

흐드러진 벚꽃 잎이 바람을 안고
흩날린다
누구의 품이 그리워
꽃잎마다 쓰여 있는 노래가
음표처럼 흩날린다

단풍

물듦,
초록이 햇살과 섞여
단풍 든 나무

지나온 시간은
그렇게 단풍 든다

아리고 쓰린 기억을
만 겹의 바람에 써 놓고

가장 화려한 빛깔로
물든 나무

길가에 쌓여있는 낙엽에
반쯤 남아있는 단풍

떠나보내지 못한
마음 같다

바
람
나
다

인연

바람 줄로 이은
끊을 수 없는 시간
뚜렷하게 드러나지 않아도
눈앞에 보이지 않아도
벗어날 수 없는
너와 나 사이의
시공간

새

점을 찍듯
보이지 않는 선을 그리며
새가
하늘을 난다
바람을 끌어다
선을 그어
다 갖지 못한
하늘이 있는 듯

바란다

형님 예찬

단지
시간이 키워준 이름이 아니다
그 이름이 불리기까지
고뇌의 시간을 녹여
한걸음의 길을 만들고
또 한걸음 걷는
그 수고스러움으로
동생들의 달리는 길이 되어준
형님
길을 가다 맞닥뜨린
숱한 웅덩이도
형님이 남겨놓은 지혜로 풀어가는
오늘

세상 속 두려움이
작아지는 이유는
형님이 변함없이 함께한
든든함
그로 인해 키운 용기랍니다
세상이 허무하고 부질없다 여겨질 때
말할 수 없이 밀려드는
감사와 고마움을 마음 깊이 아는
동생이 있다는 걸
기억해주세요

구름과 바람

구름이 흘러가네
그렇게 그렇게

나도 흘러가네
어디로 어디로

바람만
아네

봄의 온도

바람의 온도가 따뜻하다
그대의 바람처럼
바람이 흘러간다
한때 바람은 그리움이었다
봄날에 찾아든 향기
개나리가 진달래가 시계 속에서
피는
닿는 길 따라
봄의 온도가 높아지는
그날
그 사람의 얼굴이 그려지는 날이
봄의 향기로 쌓여
지워졌을 법한 시간이
되짚어지는
봄의 온도가 따뜻하다

바
람
나
다

모닥불

참나무가
탄다
바람이 저질러놓은
불을 마다하지 않고
그대로
그 안에 불을 끄집어내어
아직은 죽은 게 아니라고
살아있다고
활활 불을 안고 있다고
바람처럼 다가와
살랑살랑 간질거려도
참나무처럼 태워서 보여주는
불이 탄다
내 안에도 불이
참나무를 태우는 바람처럼
너를 기다린다

나무의 색

색을 빨아드리는 나무가
색을 잃고 살아가는 내게
고운 색으로 채워가라고
빛바랜 채 멈춰 있지 말고
햇살 속에 풀어놓은 색을
온몸 가득 채워가라고
오월의 빛이 밝다

비 1

도로를 흘리며 기억을 흘린다
비가 눈물과 겹치는 날이 있다
가끔 지우지 못해 아팠던 날도
빠르게 달리는 차만큼
돌이켜 볼 겨를도 없다
비인지 눈물인지
분간할 수 없는 시간 속에 들어왔다
여전히 기억은 쌓어도
지울 수 없는 흔적이 있듯
눈물은 아린 기억을 흘리느라
빗물에 기대 운다

벚꽃

꽃 피우다
새하얀 벚꽃이 바람을 당긴다
어느 누구도
저 나무의 꽃이 새하얗다 말하지 않았다
봄바람을 가지마다 칭칭 감고
새하얀 꽃을 피우기까지
흔들리는 시간이었다
흔들림이 피운 꽃은
흔들림으로 진다
망설임 없이 자신을 털어낸다
다 털어낼 때까지
가지는 쉼 없이 흔들린다

날리는 꽃잎 몇 장이
누군가의 일기장에 그리움으로 쓰일 때쯤
벚꽃은 지고
그리움이 떠난 자리
연초록 새잎이 햇살을 단단히 잡고서
푸르른 희망을 뽑는다
흔들림을 놓지 않고도

퇴임

당신이 다다른 길이
지금으로선 한없이 멀게만 느껴집니다
당신이 걸었던 길 따라
발걸음 포개어 가는 길을 남겨주셔서
감사드립니다
떠남의 시간을 새 만남의 시간으로
열어갈 당신은 가슴 벅찰 것입니다
지금껏 교직의 길을 끊김 없이 지켜 낸
당신의 노고에 감사드립니다
얼굴 가득 그려낸 주름 사이로 채워진
교육의 희망이 빛처럼 밝았습니다
사랑과 희망으로 아이들이
그 나름의 역할을 하기까지
억센 비바람의 역경은
당신의 운명이라 여기며 지냈을 것입니다

그 모든 시간을 존경하는 후배 교사가
이제 당신을 따뜻한 눈빛으로 바라봅니다
이제 새 길을 걸어갈 당신을 바라봅니다
그 가는 길이
건강하고 행복하여
교직의 삶에 지쳤을 마음이
긴 여유로 돌아와
당신 곁에 오후 햇살로 내려앉길 바랍니다
무엇보다 잘 떠남을 감사드립니다
그런 당신을 사랑과 존경, 따뜻한 배웅으로
가벼이 떠나시길 바랍니다
오늘의 시간이 있기까지
그 모든 날을 기억하며
당신의 퇴임을 마음 깊이 축하드립니다

정원이의 똥 기차

아빠
응가-응가
변기에 앉아
응-푹
한 덩이 기다란 똥 기차
변기역에 도착한
참
빠른
똥 기차

그 사람

시계바늘 속에 가장 오래 머물다 가는
다른 공간 다른 시간 다르게 살다 만난 사람

있는 듯 없는 듯해도 가고 오는 동안
푸르게 머물다 떠난 사람

가끔은 오가는 눈빛이 뜨거워 마음이 따뜻해지고
가끔은 오가는 눈빛이 차가워 마음이 허전해지는

옷깃 스치는 인연으로 내 옆 의자에 앉아 있는
좋든 싫든 한동안 머물다 가도 다시 와 내 옆에 앉아 있는 사람

하루를 머물다 가는 동안 남겨진 눈빛으로 마음을 비춰보는
살면서 알아가고 알아가면서 뜨거워지는 내 옆자리에 있는 사람

그 사람이
지금 내 옆에 내 시간에 내 마음에 있다

바라나다

끝

끝이라는 말
시작이 있었다는 말
너에게 끝이
나에게 시작이다
별빛으로 씻는 어둔 밤
아침마다 말갛게 씻긴 하늘 보며
한 걸음 더 딛고 가야 할
지금
끝에 선 너를
만나러 간다
또
시작이다

가을이 가기 전에

가을이 가기 전에
그대에게 가고 싶다
낙엽처럼 울어대는 사람이
나였다고
스치는 바람에도 몸서리치며
사는 게 울음이었다고
지지 않을 가을이
쓸쓸히 흔들린다
그대 없이 끝나지 않을
한 그루 나무로

가을 1

말하고 싶다
그대로 인해 가을은 붉었다
남겨진 시간이
찾아들 때마다
흔들렸던 시간조차
고운 물결이 되어 와 있는
가을
그 중심에 섰다

가을 2

그대의 마음 보여줄 수 없어서
가을이 왔습니다
그대가 없는 가을은 없습니다
수만 그루의 나무조차
그대의 마음을 다 드러낼 수 없지만
한 그루의 나무에 기댄
나를 봅니다
그 아름다움에 물든
나를 봅니다
손에 들린 한 장의 잎에서
시간이 그어 놓은 선 따라
울긋불긋 인연으로
가을을 읽고 가는 나를 봅니다
그대 같은
그대 마음 같은
가을이 즐비하게 내려앉은 길에서
그대를 봅니다

참 좋은 그대
참 고운 그대
그대 있는 어디든
가을입니다

바
나
나
다

가을이 오면

어디쯤 와 있나요
걸음이 더디게 오나요
지나간 가을을 잊지 못하고
창가에 기댄 채
나무 위에 움츠린 새처럼
숨죽이고 있어요
어디든 날아갈 수 있을 것만 같았는데
하늘도 날개도 잊었어요
지난 시간들이 기대어있는 나무는
가을을 당겨와 단풍 듭니다
그대가 없어도
바람이 스치는 곳마다
그대를 그리워하는 시간들이
그때의 마음을 드러내듯이
울긋불긋 단풍 드네요
그대의 걸음도
곧 오나요

시작

나무가 꽃 피우는 일이
찢기고 터져도
어쩌면 해내야 할 일
저린 몸 쭉 펴고
긴 숨 한번 몰아쉬고
봄의 시간을 맞이하는 일
바람 따라
어쩔 수 없는 고통조차
가벼이 이겨내는 일
나무가
꽃으로 열매로 피우기까지
묵묵히 가보는 것처럼
오늘
시작하는 일
또 그렇게 가보는 일

사람이 떠난 후에도

그대가 딛고 간 발자국이 그대로 남아서
빗물이 고입니다

그대가 맺혀진 눈동자가 그대로 남아서
눈물이 고입니다

그대가 지나간 시간이 그대로 남아서
추억이 고입입니다

사람이 떠난 후에도
그 자리는 비워지지 않나 봅니다

풍선껌

가끔은
단물나는 삶도 있다
어금니 깨물어가며 되씹고 씹어도
결코 빠지지 않을 것 같은 삶이 있다

그러다 단물 빠지고
밋밋한 시간만 남아도
버리지 못하는 삶이 있다

비상을 꿈꾸듯
내 안에 것 다 불어내도
결국엔 터지고 마는
날아가지 못하는 삶이 있다

끝내 삼켜야 하는
소화되지 않는 덩어리가 남아도
단물을 되새기며 끌고 갈 삶이 있다

바
람
나
다

그대의 꽃잎

그대의 꽃가지 흔들리는 날에도
다만 그대가 놓지 않는
꽃잎은 있으니
목련 나무의 꽃가지 흔들려
꽃잎이 떨어지고
그 꽃잎이 짓무르고 곪아서
흔적 없이 사라져도
그 자리마다 새순으로 열어가는
연초록 희망을 키우니
그대 꽃가지의 꽃잎이 흔들리고
떨어져야 할 시간에도
희망의 새순으로 무성히 채워가는
그대는 아름다워라

꽃 1

사람과 사람이 덧댄 자리
인정의 꽃이 핀다

눈물이 씨앗이었을까
웃음이 거름이었을까

사람과 사람이 머문 자리
향기가 나는

지지 않아도 좋은
꽃

꽃이,
인정의 꽃이 핀다

꽃 2

한 번의 핌
때 되면 그렇게 피는 꽃이라
여기진 마세요
계절마다 오고가는
비와 바람, 햇살과 구름, 새들과
저 타는 노을이 있기에 피는 겁니다
그네들의 꽃
한 번의 핌을 꿈꾸어도
아픔만 남을지도 모릅니다
그때마다 절망하지 마세요
스쳐 가는 그네들
비와 바람 같고
햇살과 구름을 닮아도
새들처럼 잠시 머물다가도
노을 속에 그대가 있는 한
저기 저 목련 나무에 꽃은 피듯이
그네들도 꽃 피울 겁니다

상처이거나 상처였거나
덧나고 곪아 흉터로 남겨져야 함이
쓸쓸하여도
그대가 있기에
그네들의 꽃은 핍니다

바
란
~
나
다

꽃 3

피는 순간부터
지는 순간까지
꽃은 향기롭기를 바라지 않는다
그 자태 그대로 있어
꽃은 꽃이다

꽃을 꺾어
손에 들어도
꽃은 아름답기를 바라지 않는다
그 자태 그대로 있어
꽃은 꽃이다

내가 가야할 길

처음 만났던 시간이었을 겁니다
그대의 걸음이 다가왔던 순간을
지금도 잊을 수가 없습니다
끊김과 이어짐의 시간을 질기게 붙여가며
그대만은 놓을 수가 없었던 하루하루였습니다
그대에게 전화를 거는 신호음은 심장을 조여 왔습니다
하루의 가장 힘든 선택을 자신과 해야 했습니다
그대의 목소리가 들리기까지
짧지 않은 기다림은 수많은 말을 가슴 속에 막 던졌습니다
기껏해야 짧은 안부가 전부였던 그 시절이
지금도 생생합니다
낯선 용기가 익숙해지기까지
나를 다듬었던 그대였습니다
그런 그대가 옆에 있습니다
삶의 깊은 부분을 꽉 채우고 있습니다

그대로 인해 왔던 많은 것들
감히 혼자서는 갈 수 없는 길이었습니다
그대 있는 곳이
내가 가야 할 길이라는 것을 삶은 말하고 있습니다

바
란
나
다

비 2

떠난 지도 오래
흘러간 물은 다시 흐르지 않듯
그대 떠난 시간을 물같이
마주할 수 없다 해도
가끔 하늘 가득 메운 구름 속엔
눈물처럼 고여 드는
참다못해 쏟아내는 비로
그대가 왔다

개화

그날이 잊혔다 여긴 지
한참 만에
버려진 기억들이 꽃피는
시계는 돌고 도는 것
지고 피는 꽃들처럼
기억도 완전히 저물지는 못해
어디 한구석에 버려져 있다가
다시 꽃피는 날
목련꽃도 개나리꽃도 서둘러 피는
기억의 꽃봉오리마다
새의 노래가 빽빽하다
여러 날의 기억도
어쩌면 하루의 기억으로 남아있는
저 꽃봉오리 열리는 날
그날의 기억을 펼쳐보는 일

목련

채 피었다
어느새 지는 일
세상은 아직 정화되지 않는
바람
꽃잎에 스치는 바람으로
진물이 나는
순수 또한 변하는
세상과 가까워지는 일 또한
순수를 기억하는
수천의 잎과 흔들리며
가지에 한사코 매달리는 일

봄길

사람들 입가에 꽃잎이 날린다
향기를 머금은 시간은
찬 날의 바람을 온기로 데우기까지
한시도 쉬지 않았다
길가에 핀 꽃들이 주춤주춤
봄날 엿보기 하다
순식간에 피고 날리는 꽃의 떼 춤에
봄길 걷는 발걸음마다 내려놓은 분주함

사람들 입가에 꽃잎이 날린다
길에 길에 꽃나무
들에 들에 들꽃
푸나무마다 돋아난 저 꽃은
다시 꽃 자국으로 잇는
봄길 어느 곳도 꽃 없는 길 없는
사람들 발자국이 꽃의 집이 되는
봄길 걷은 발걸음마다 내려앉은 향긋함

바
람
나
다

봄의 싹

지상 어느 곳도
요동치지 않는 곳이 없다
작은 것, 보잘것없는 것
특별하지 않은 것
이런 것들의 혁명
소리치지 않아도
발악하지 않아도
조용히 시작되는
척박한 땅에서 끌어내는 싹
저 연둣빛 오기

시간의 지나감이란

시간이 지나갔다고 생각할 때
어느덧 시간은 다시 와 있다
지나간다는 것 또한
다시 온다는 것
앞의 시간을 만지기 위해
뒤의 시간을 돌아보지 못한 날들
앞도 뒤도
나의 시간일 수 없는 허상
손끝에 닿는 느낌만이
내가 가질 수 있는 시간
움켜쥐었다 펴는 순간
사라지고 마는
나는 어느 시간에 서 있을까
앞과 뒤의 균형마저 놓치고 사는 건 아닐까

찻집

말 못 하고 지쳐가는 우리
마주한 채
창가에 비치는 내 모습과 네 모습
흐르는 사람들
그 사이사이 눈빛이 흐린 창가에 고여 있는
찻집에서
그대를 본다
아직도 시간은 우리 사이에 남아
어디로 기우는지
어디에 가 있는지
눈빛만이 창가에 남아있는
찻집
멈춰 앉아 그대를 본다

내가 있는 시간 앞에 시간

네 모습이 있다

가고 가도

닿지 않는 창가에 시간을 끌어와

네 앞에 놓고

닫힌 입술 틈으로 새어 보내는

따뜻한 입김이 있는

보이는 눈과 들리는 귀에

문득

네가 있는 찻집

어느 밤

질척거리는 어느 밤
끌려가는 시간으로
보랏빛 꿈이 빛나는
어둠 속 별
문득 생각나
어느 날 두고 떠난
그림자 곁에 앉아
몰려드는 달빛에 빠져서
헤어나지 못하는
생각

그대는
무슨 생각 하나요?

나무

위
아래
구분 없이
푸른 꿈 키우는 나무

바간~나다

가뭄

비 내리지 않는
구름이 녹아내렸다
쩍 벌린 채 다물지 못한
땅의 아가리 깊숙이 절망이 고인다
땅의 생명을 조여 왔던
인간의 손이 탄다
슬픔 많은 사람들이
울 수 없는 세상
지나쳐 돌아서서 가기엔
이미 무너진 시간이 아프다
하늘에 구름 짓는
꿈을 꾸는 사람들이 있는 한
벌어진 땅의 아가리가 닫히지 않을까

사랑을 묻는다면

끝도 없이 부는 바람
그 시작은 알 수 없듯
언제 멈출까를 바란다면
그것처럼 무모한 짓은 없다

그대를 향해 부는 바람이었다
사랑의 시작은 그대였다
다만 언제 멈출까를 바란다면
그것처럼 무모한 짓은 없다

꿈

펼치지 않은 채
책장 속에 끼워둔 책갈피 같은 것
다시 읽을 시간이
필요할 뿐

산책을 하다

애깃거리 찾으러 가는 길
바람의 떼 춤이 흥겨운 나무들
층층이 나뭇잎 사이로 비치는 햇살처럼
아름다운 시간
틈 없이 빽빽한 나무 그림자가 쌓여
두 딸의 그림자가 언뜻언뜻 보이는
산으로 가는 길
쌍둥이 자전거에 앞뒤로 탄 두 딸
6월의 나무처럼 싱그러운 대화
산 속에 친구들 하나, 둘 나와서
만나고 헤어지는 그 시간이 좋다
까치가 총총 뛰며 또다시 날아가는 시간도
개미가 작은 벌레 물고 가는 넉넉한 시간도
두 딸이 처음 만나는 청솔모
나무를 오르락내리락하는 눈동자의 시간도
산으로 와서 산에서 만났다

산에서 만나는 또 다른 것들
제자리를 지키며 왔다가는 시간을
계절마다 바꿀 줄 아는 나무도
수시로 왔다 가지만 어디서 왔는지 몰라도
자신의 존재를 드러내는 바람도
어둡고 밝음의 실체를 그림자로 드러내는
하늘에 뜬 태양도
무언가 알 수 없어도
무언가 찾을 수 없어도
두 딸의 즐거운 시간이
마음에 왔다가는
산책하며 만나는 그 시간이 좋다

바람나다

지금

뒤돌아봤던 곳은 다 지났다
지난 시간을 걸어서
나는 왔다
한때의 시간을 뒤꿈치에 매달고
끌려오는 시간을 자르지도 못했다
한낮에 태양은 뜨겁게 떠 있었다
고개는 하늘 아래로 숙인 채
바람은 지나가기 바빴다
그렇게 지난 바람이 시간이었던 걸
나는 미처 몰랐다
한참이 지난 후
등 떠미는 바람 한 가락도
움켜쥘 수 없는
손 뻗어도 잡을 수 없는
지금 자리에 서 있었다
지금 내 모습이 있었다

부부

바람도 알지요
꽃도 나무도
심지어 같은 듯 다른 개미도 알지요
그대도 나처럼
같은 듯 다른
다른 듯 같은
시간을 사는 부부라는 걸
같은 글자 다른 사람
부부로 사는
그대와 나지요

바 간 나 다

벚꽃 피다

햇살 한 줌에 꽃 한 송이
새하얗게 머금은 꽃
벗들이 머문 곳마다
흐드러진 웃음소리
그대 생각 머무는 4월
한 그루 나무를 온통 새하얗게 치장하여
그대 마-음 바람처럼 불어와
떨리는 기억이 핀 꽃
4월이면 그대인 양
날리는 벚꽃 잎이여

어떤 날

어떤 날
하늘도 감추고 싶은 기억이 떠오를 때면
구름을 당겨와
아무렇게나 뿌려 놓고는
울지도 못한 채
찌지직 흐흐음
우루르 꽈앙
마른 울음소리만 들리더라

딸과의 산책

주말 내내
여름 햇살이 나뭇잎마다 초록 피워 물고
그림자 숲 그늘로 숨어드는 날
쌍둥이 자전거에 두 딸을 태우고
가는 숲길마다
꽃이 풀이 새가 나무가 벌레가
더 많은 친구가 반겨주는 길 따라
인사하며 나누는 딸과의 대화
마음이 흥얼흥얼 숨처럼 나오는 웃음
햇살처럼 밝은 눈
아빠와의 시간이 까치둥지처럼
촘촘히 엮여 있는 듯
까치가 둥지를 짓기까지
나뭇가지 하나하나 물어 나르는
그 마음으로
새끼 낳고 기르는 일이 집 짓는 일이었듯
두 딸 낳고 까치둥지만 한 집

내 안에 있을까

산책으로 만나는 시간

자전거 미는 아빠에게

따뜻한 시간을 흘리는 두 딸

다시 아빠로 서야 하는 어떤 날에도

아빠는 너희들을 태우고

시간의 가지를 하나하나 엮어

사랑의 집을 짓고 싶다

흉터

상처는 시간의 흔적이다
옹이가 나무의 상처였듯이
흉터는 시간의 상처였다
어찌 푸른 바람 부는 날 뿐이었겠는가
바람도 피멍이 든 곳을 스쳐 지나갔을 테고
햇살도 곪아 터진 곳을 비껴 내렸을 것이다
그런 시간쯤 새겼을
상처 하나는 피어있는
흉터는 시간의 기록이다
아문 채 살아가도

시험 1
풀리지 않는 문제

보는 것도
읽는 것도
문제의 시작이라지만
한 문제를 앞에 놓고
풀리기를 바라듯이
하나 다음에 또 하나가
풀리지 않고 매듭지어질 때
바람의 매듭을 풀어내는
창밖의 싱싱한 나뭇잎들이
해답처럼 손짓해도
정작 문제는 풀리지 않고
그대로 둘 수 없어
하나의 답을 찍어 누르지만
답답한 마음은 그대로일까

시험 2

줄 세우기

펼쳐 든 시험지에 나는 없다

내가 풀어야 할 문제는 없다

해답을 아는 나는

답안지에 거침없이 줄을 세운다

그런 나는

어디쯤에 서 있을까

시험 3
완벽한 사람

문제 앞에서
풀리지 않는 시간이 괴롭고 지루하여
잠을 잔다
잠속의 나는
해답을 아는 사람
꿈속의 나는
문제가 없는 사람
들여다볼 문제를 앞에 놓고
찾아야 할 해답을 앞에 놓고
현실의 벽이 높아만 가도
잠속에서 나는
꿈속에서 나는
완벽한 사람

시험4

위대한 승리

보는 것만으로도
듣는 것만으로도
문제는 더 이상 문제일 수 없다
문제를 안다고
다 해답을 찾는 것은 아니듯
지금 이렇게라도 하지 않으면
나조차 문제가 될 것 같다
누군가 나를 문제로 여겨
해답을 찾으려 하기 전에
문제 앞에 기겁을 해도
둘러싸여 혼쭐이 나도
풀어야 할 문제가 있다면
선택해야 할 해답이 있다면
맞든 틀리든 중요치 않다
문제를 아는 한

나는 아빠다

내게 아빠라고 불러주는
너는
가슴 속 심장이 느껴질 만큼
안아주지도 못하는 내게
무작정 달려와
심장을 포개어 보는 너는
유일하게 나를 아빠라고
불러준다
하루의 시간 동안
기다림의 심장은 아빠를 향하고
만남의 눈빛은 함께 놀아주기를 원하나
피곤과 힘듦의 시간을 굳이 끌어와
집안 가득 내려놓고
너를 외면하고 싶은 마음이 있는
나는 아빠다

태어남도 선택 없이
아빠의 선택에 대한 해답을
집안 가득 찍고 있는데
외면하는 내게
무작정 달려와 안기는 너는
늦은 귀가와 깊은 사랑을 꺼내기도 전
잠들어 있는 너는
아빠의 꿈을 꾸어도
아빠는 널 안아보지도 못한 채
침대에 하루를 눕혀놓았다

흔들리는 일이 사는 일이다

흔들리지 않고
가는 사람은 없다
걷는다는 것
달린다는 것
이 또한 흔들리는 일
흔들리는 일이 사는 일이다
산다는 게 흔들리는 일이다
꽃이 나무가 흔들리고
심지어 바위가 제 살을 깎아
스스로를 다듬는 일
다듬기 위해 흔들리는 일
지금 할 수 있는 일이
끝없이 흔들리는 일이라도
그 또한 사는 일이다

물을 수가 없다

운동장에 벌레 한 마리
기어가고 있다
내 눈엔 무작정 가는 듯한데
알 수가 없다
어디로 가는지
무슨 일이 있는지
도무지 알 길이 없다
물을 수도 없다

내 눈앞에 한 사람
걸어가고 있다
내 눈엔 갈 길을 찾아가는 듯한데
알 수가 없다
어디로 가는지
무슨 일이 있는지
정작 알 길은 있으나
물을 수가 없다

바
람~
나
다

갇힌 새

가슴으로 날아든 새는
아직도 갇혀 있다
날개가 꺾인 적도 없고
하늘을 잊은 적도 없다
밝히지 못한 빛이
채우지 못한 빛이
갈 길을 지우고
갈 길을 감추고
새는 몇 번을 퍼드덕거리다
날개만 고를 뿐
다만 살고 있다
새의 울음만
하늘로 날아간다

할아버지 사랑

입으로 표현하지 않아도
가슴에서 빛나는 사랑
두 손녀를 향한 끝없는 길
손녀의 취향 따라
햄버거도 피자도 사 오셨다
두 손녀가 원하는 선물이라면
다 해주고 싶은 마음
아직은 어린 두 손녀가 모를까 봐
아빠는 글을 남긴다
할아버지 가슴엔 흔들리지 않는
묵직한 사랑이 있다
두 손녀를 향한 끝없는 길
사랑을 선물하는 길
할아버지의 사랑이
두 손녀의 입가에 잔잔히 번지는 날
한 뼘씩 커 있는 아이의 마음을 본다

바
라
나
다

그대의 길

아직 숨은 쉬고 있는가
아직 심장은 뛰고 있는가
아직 신발은 신고 있는가
그대의 길이 보이는가
혹은 보이지 않는가
보인다고 보이지 않는다고
들뜨거나 주저하지 말고
묵묵히 자신의 시간을 노력의 테두리로
감싸고
테두리가 나무의 나이테처럼 그려질 때까지
가라
저 보일 듯 말 듯 한 길이라도
공기처럼 펼쳐진 기회가 있다
그대가 움켜쥔 주먹 안에
그대의 지도가 있다
그대가 가는 한
그대의 길은 만난다

실망도 희망도 한낱 바람 같다
멈추고 있어도 가고 있어도
바람은 분다
그대의 바람은
그대가 가는 쪽에서
그대의 길을 맴돌다
그대에게 왔다

바
람
나
다

이-별

너와 나
서로 다른 자리에서 빛나는 별이다
'너'라는 별이 떠나고
'나'라는 별이 지키는
같은 자리에서 빛날 수 없다 해도
어느 가을이 되어서 만난다 해도
너라는 사람이 빛났던 곳
잊지 않고 기억할 사람이 있음을
가슴 따뜻이 기억할 사람이 있음을

새가 아침을 먹다

창문 밖
새가 아침을 먹다
새벽부터 깃 정리 끝났는지
말갛게 이슬로 씻었는지
새벽 든 빛이
창문까지 화안이 닿았을 때
어디를 바삐 가려고
이른 아침을 먹는
새 가족
맛있게도
즐겁게도
아침 먹는 소리가
요란하다

주문

딸아이 장염으로 입원하고
팔뚝에 주사바늘 꽂고
링겔 맞고 물약 먹는데
그 약이라는 것이
쓴맛이라
때론 사탕 물고 약 먹고
약 먹고 물 한 잔 마시며
쓴맛 씻어내려 해도
남아 있는 것이
온통 쓴맛
그 쓴맛 나는 약을 끼니 때마다
먹어야 하니
먹을 때마다 울먹이며 안 먹겠다고 해도
엄마는 꼭 먹어야 한다고 달래고 또 달래도
쉽사리 넘기지 못하는 맛
쓴 맛

그 쓴맛 넘기기 위해

몇 번이고 주문을 외우는 딸아이

용기 난다 용기 난다 용기 난다

울먹이며 찾고 싶은 용기는

먹어야 할 시간을 아는 듯

진짜로 용기가 났는지

용기 났다라고 말하고

엄마가 짜 주는 약병에 든 쓴 약

목구멍 타고 넘기고 나니

딸아이 가슴에 용기가 사는 듯해

딸아이에게 배우는 주문

용기 난다 용기 난다 용기 난다

그래 요즘

얼마나 기죽어 살았던가

쓴맛 같은 인생일 때

딸아이 주문을 외운다

용기 난다 용기 난다 용기 난다

가을이 지나간다

또
가을이 지나간다
머리 위로 발밑으로
둘러보아도 다 가을이었다
지난가을이 떠나가고
남아있지 않을 것 같았다
그 사람이 버리고 간 시간이
낙엽처럼 부서졌다 여겼다
그렇게 바람은 차가웠고
다시 봄이 왔을 때
나와는 다른 시간으로
초록이 열리는 것 같았다
그런데 다시 왔다

가을이 온 지도 모르게
또 가을이 지나간다
생각할 틈 없이
느낄 마음 없이
머리 위로 발밑으로
가을이 지나간다
또

바람난다

산책

어린이집 하원 후
집 근처에 있는 중앙공원에 갔다
쌍둥이 자전거를 타고 지나는 곳마다
바퀴에 추억이 감긴다
뒤돌아보면
햇살 옷 걸친 시간이 즐비하다
나무와 꽃들, 곤충, 새, 바람, 구름
그들과 얘기하다 보면
두 딸은 수다쟁이 같다
이것저것 물음표 달아놓은 듯
하나씩 걷어내면서
눈동자 참 밝다
분수대 물줄기 바라보면서
두 딸의 입가에 물결이 잔잔하다
시간이 성큼성큼 다가와
공원 구석구석 어둠을 찔끔 흘리는 것도 모른 채
두 딸의 마음만 켜두어도
환하다

눈물샘

내 안에 슬픔이 있다
넘치지 않게
조심스럽게 담고 있는
가끔은 나도 모르게 새는
한두 방울로 벗어나고 싶은
스윽 닦고 나면 금세 채워지는
슬픔이 수만 시간
마르지 않고
넘치지 않고
내 눈에 슬픔 샘 있다

밤 산책

비 오는 날
두 딸과 우산 쓰고 밤 산책을 나섰다
가을비가 솔잎에 맺혀 별처럼 빛나고
우산에 켜진 빗방울 노래가 심장을 두드리고
발걸음마다 걸리는 빗물이 홍얼홍얼 흘러드는
두 딸은 연신 비처럼 웃는다
가로등에 비친 실 같은 빗줄기로
단단한 시간을 꼬는
빗물 따라 발자국이 기억의 바다로 가는
첨벙첨벙 빗속을 걷는
두 딸과의 시간아
멈
춰
라

하늘

주인 없이
누구나 주인이 되는 곳

바람이 빽빽하여도
비어 있는 곳

몇 마리 새가
끌고 가기도 하는 곳

색 잃어
푹 파묻혀 희망의 색을 찾는 곳

오늘은
내가 주인이 되는 곳

꼬끼오

닭장 안
수탉 한 마리
꼬끼오
새벽부터 아침까지
그 울음 깊다

누구를 위해
저 수탉은 울어야 하는가

잠든 이여!
깨어나라

아침이
지워지기 전

깨어나라
걸어가라

구름 간다

구름 간다
날뛰는 마음 가라앉지도 않았는데
어디든 가라고 한다
내 삶은 어디까지 가야 할까
구름이
내 삶의 길로 가고 있을까
가고 가다 어느덧 정상에 닿았다고
이곳이라고
커다란 동그라미 그려 보일 수 있을까

떠남의 이유

떠남은
떠나지 않겠다는 다짐입니다
그대가 없는 시간이
두렵기에
먼저 외로워 보기로 했습니다
다시 찾을 수 없는 시간이
막막하여도
다시 볼 수 없는 시간이
먹먹하여도
떠남이
새겨둘 사랑의 견고함을 알기에
지금 떠남은
떠나지 않겠다는 다짐입니다
오랜 시간
함께 살아갈 마음 하나 얻겠다는 겁니다

가을, 나는 너를 불러보고 싶다

땡볕에 검게 그을린 시간이
지났다
아직 쓰다 만 일기처럼
나뭇잎에 상처 입은 흔적과
매미의 울음으로 삼킨 아픔이
선명했던 날
바람에 흔들리는 나무처럼
발걸음도 흔들렸다
나뭇잎이 끝내 떨어지는 날을 헤아리듯
하루가 또 간다
하루 더 하는 사이
바람의 맛이 달라졌다
여름의 습한 기억을 씻어가는
가을, 나는 너를 불러보고 싶다

잊고 싶은 기억조차
떼어내지 못하고
한 장의 나뭇잎처럼
매달려 있는
아직은 꺼내고 싶은 빛깔
처음 품었던 고운 빛
몇 계절이 넘어오고
몇 바람이 불어오는
그 시간만큼 잊혀진 시간이
나무, 저 가지의 잎에
가을을 걸어두고 싶다

바
람
나
다

마른장마

어디 갔다 왔나요
한참을 기다렸지요
매년 크게 벗어나지 않은 날에
퍼붓는 당신을 기다렸는데
슬픔도 굳어버렸나요
슬픔조차 드러내기 두려웠나요
그렁그렁한 얼굴을 잠깐씩 보이더니
흘릴 눈물조차 뜨겁게 타버렸나요
당신의 슬픔의 크기만큼
이곳도 슬픔뿐이네요
속 시원히 퍼붓지도 못하는
장마라는 이름이 무색해지네요
왜 멈칫하나요
다 떠안으려고 애쓰지 마요

산다는 건 돌아보면
곁에 누군가 있다는 거예요
슬픔이 숨 쉴 수 있는
틈을 만들어 봐요
가벼워지는 마음이
어디든 떠다닐 거예요

바
랑
나
다

가을이 왔다

녹음이 빠져나간 사이로
바람이 드나드는 나뭇잎마다
가을이 왔다

스쳐 간 이의 발자국 소리가
저 멀리 갔다가
어느새 돌아와 앉은
가을이 왔다

가을 햇살이 나무에 기대어 선
자리마다
그대였던 시절의 기억이 물드는
가을이 왔다

붉게 물든 채 남겨졌던 이름
불현듯 찾아드는 사람으로
가을이 왔다

당신

당신은 그 자리에 있습니다
옮겨 앉지 않는
한동안 눈빛은 당신을 닮아갈 겁니다
꽤 많은 시간 당신을 볼 수 있는
기약된 만남
말이 오가는 순간보다
침묵이 이끌고 가는 시간이어도
의자에 앉은 고운 당신이 있어
사는 즐거움의 의미도
일상의 감사함의 의미도
당신의 그 자리에서 비롯됩니다
그 자리에 당신이 있기에
새삼 감사합니다
어제와 오늘을 이어 내일도
변함없이 와 앉아 있을 당신 생각에
설레는 마음이 넘쳐납니다

이곳을 떠나
다른 의자가 놓여 있는 곳에
가 닿기 전
향기가 배어있는 자리에
다시 와 앉은 일상 속에 당신을 보며
이런 생각이 듭니다
참 고마운 당신
참 감사한 당신
그리고
참 다행인 내가
있습니다
당신의 자리 옆에

바
라
나
다

아버지 아버지

당신의 삶은 끊어지고
지나온 길이 남아서
빈 길 위에 놓인
당신의 발자국을 담아가는 게
살아서 해야 할 일 같습니다
발자국 찍고 살아갈 수 있게 해주신
시간 동안
뭐 하나 잘한 일 찾아도
당신의 삶을 덜어내는 시간이었습니다
다른 세상으로 가신 당신을
몇 방울의 눈물로 보내지만
당신은 눈물로 수억 개의 빗물을 빚어 흘리시니
어찌 당신의 높디높은 사랑을 헤아리겠습니까
당신의 자식으로서
당신에게 작은 행복이라도 선물했을까

지난 시간의 안타까움이
뒤늦게 울음을 터트립니다
하늘처럼 올려다봐야 볼 것 같은데
당신은 낮은 곳에 묻히어
또다시 자식의 발자국을 살피려 합니다
어찌 당신의 사랑을 알겠습니까
살면서 사랑으로 채워놓은 가슴이
식지 않고 세상과 살 수 있게
낳아주시고 보살펴주서서
세상은 따뜻합니다
낳아주신 시간도
남겨주신 시간도
감사합니다
아직 못다 한 말이 남아서 슬픈 말
사랑합니다

나무는

나무는 봄이 되면
어떻게든 새순을 틔우기 위해
햇살을 가지마다 칭칭 감은 채
거친 껍질을 비바람에 씻어내고
하나라도 더 새순을 틔우기 위해 안간힘을 쓴다

나무는 여름이 되면
초록의 잎을 한 장이라도 더 키우기 위해
내리쬐는 햇살이 뜨거워도
여신 바람에 식혀가며
한 입이라도 더 먹기 위해 안간힘을 쓴다

나무는 가을이 되면
초록의 겉옷을 벗겨내고
수천 가지 햇살을 덧입혀 가며
한 번도 보여준 적 없는
고운 빛깔로 물들기 위해 안간힘을 쓴다

나무는 겨울이 되면
지금껏 지켜냈던 잎들조차
보내야 함을 깨닫고
자신을 받쳐 키워준 흙으로 다 내려놓은 뒤
빈 가지로 꼿꼿이 겨울을 묵묵히 버티기 위해
안간힘을 쓴다

봄이 왔다

봄이 왔다
새 사람도 왔다
봄은 가지만
사람은 남고
여름이 와 닿을 때쯤
그 사람이 푸르른 사람이 되어
뜨겁게 마음을 나누다
고운 빛깔로 물이 들고
시리게 바람이 빈 가지 흔들 때도
따뜻한 마음을 넉넉하게 나눌
지금 여기
내가
네가 있다

성장

한 걸음 더 온 것뿐인데
부쩍 커 있던
딸아이

바
라
나
다

비 3

수억 개의 빗방울 중
하늘로 날아간
내 눈물은
누구를 또 울릴까

첫눈

그-해
겨울이 되기 전
그대와의 약속
첫눈과 함께 만나자 했다
첫눈이 터놓은 길 위로
발자국 나란히 놓자고 했다
그렇게 기다리던 첫눈은
오지 않았다
서로가 다른 곳
서로가 다른 하늘
첫눈 같은 눈이 오는 날은 많았다
첫눈이라 여겼던 날로
찾아간 그곳엔
발자국은 지워지고 없었다
그 후로도
그대와의 첫눈은
내리지 않았다

두 딸

두 딸이 있다
정원, 정민
양팔로 안아보고
느껴보는 무게감
끝나지 않을
시간을 안고
사는 것

목련 나무

중앙 현관 앞
목련 나무 보았습니까
외로이 떠는
봄빛 닮은 눈빛 그립다며
그 사람 기다리는
스치듯 눈빛 한번 주고 가도
수줍게 웃는
어제보다
더 하얗게 드리운 꽃
오늘도
다가가지 못하고
기다림에 익숙한 듯
그 사람 간절히 기다리는
중앙 현관 앞
목련 나무 보았습니까

이 한 문장

누구나 잘못은 한다
너도 나도
누구나 실수는 한다
너도 나도
그래서
우리가 서로 알아가는 말
미안합니다
너와 내가
깨지고 산산이 부서지지 않는 건
이 한 문장 때문이다
너와 내가 연결되는
너와 내가 알아가는
이 한 문장

미
안
합
니
다

바
라
나
다

바람의 중심을 향해 가도

바람의 중심을 향해 가도
닿을 수 없는 끝
바람이 휘감고 가는 내내
비틀거리며 사는
뿌리 내리지 못한 죄로
바람 따라 가야 할 삶
끝내 주저앉고 싶어도
땅바닥에 엉겨 붙고 싶어도
뿌리의 흔적이 없어서
세상을 떠다니는 게
거스를 수 없는 운명이라서
오늘도 부는 바람에
한 걸음 옮겨보는
억지 희망이라도 틔워내며
가는 삶

지금의 시간은 어디서 오는 걸까

지금의 시간은
어디서 오는 걸까
막막함에 불러서 왔다면
해답이라도 갖고 있는 걸까
지친 시간이 녹슨 시곗바늘에 걸리어
채 돌아가지 못하고 머물러도
왜 항상 지금 나는
시곗바늘로 돌아가고 있는 걸까
무엇하나 정의내리지 못한 지금
남겨진 그림자 위로 햇살이 눕는다

그 길에 나는 있다

가다 지침 뒤
잠시 숨 고르고
다시 길
풀 밟고 가는
그 벌레도
풀잎에 앉아 쉬었다
죽어가는 게 아닌
다시 폴짝 뜀
그래 난 잠시다
쉬고 있는 중
벌레만도 못한 삶이라고
그 사람이 말해도
지금
어찌할 수 없는
가는 게 막막하여
무릎 굽혀
잠시 쪼그려 있지만
그 길에 나는 있다
가기 위해

익숙함을 떠나

발걸음을 외딴곳으로 옮겨 놓는다는 것
익숙한 시간을 접어 두고
언젠가 꺼내 보고 싶은 시간으로 묶어
새 길 새 장소 새 사람으로 떠난다는 것
시간이 그렇듯
시간의 빛이 길로 걸음으로 책상으로
내려앉을 때마다
익숙한 길 익숙한 장소 익숙한 사람의
그날보다
오늘 익숙한 그
그 모두를 떠나야 하는
발걸음이 가볍지 않음으로 놓이네

바
람
나
다

12월

길 위에 발걸음 두고 온 적도 있고
허공에 발걸음 띄운 적도 있다
시간이라는 몹쓸 놈은 멈춘 적이 없고
막상 따라가니 희로애락을 만나며
여기까지 왔다
지나온 길은
수 갈래 찢겨 있기도 하고
반질반질 윤기가 나 있기도 했다
가는 길이 내 길이 아닌 적은 있어도
내가 없는 적은 없었다
그렇게 걸어
어느덧 12월의 중턱을 넘고 있다
고개와 고개 넘어
불어왔던 바람을 쫓아왔던 길
그 길목마다 그대가 있다
그대가 없으면 지치고 힘들었을 길이었다

지금 이 순간도
그대는 있고
다시 신발을 고쳐 신을 용기가 난다
새롭게 맞이할 바람이
벅차다
발걸음이 떨린다

그대여
고맙다

바람나다